Analyse

Thérèse Desqueyroux

de François Mauriac

lePetitLittéraire.fr

Rendez-vous sur lepetitlitteraire.fr et découvrez :

Plus de 1200 analyses
Claires et synthétiques
Téléchargeables en 30 secondes
À imprimer chez soi

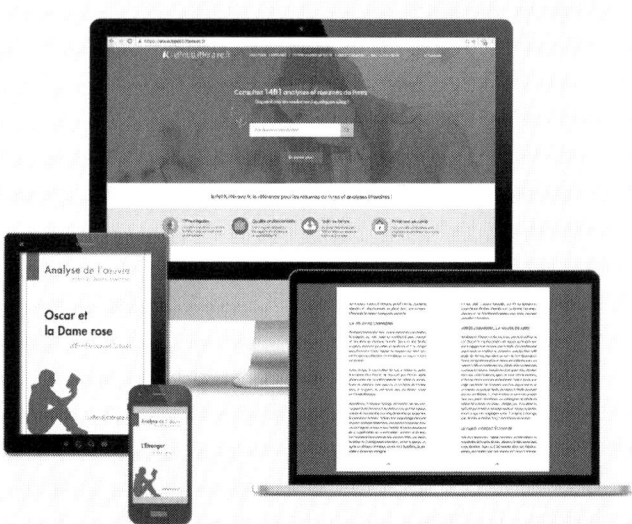

FRANÇOIS MAURIAC   1

THÉRÈSE DESQUEYROUX   2

RÉSUMÉ   3

Les noces de Thérèse
Anne et Jean
Trahisons
La confession
La chute
Le départ pour Paris

ÉTUDE DES PERSONNAGES   8

Thérèse Larroque
Bernard Desqueyroux
Anne de La Trave et Jean Azévédo

CLÉS DE LECTURE   11

Genèse de l'œuvre
La structure du récit
Un roman psychologique
Une critique de la bourgeoisie
et une mise en relief
de la douleur humaine
Thérèse Desqueyroux et *Madame Bovary*
Un roman féministe ?

PISTES DE RÉFLEXION   21

POUR ALLER PLUS LOIN

FRANÇOIS MAURIAC

ÉCRIVAIN FRANÇAIS

- **Né en 1885 à Bordeaux**
- **Décédé en 1970 à Paris**
- **Quelques-unes de ses œuvres :**
    - *Le Baiser au lépreux* (1922), roman
    - *Génitrix* (1923), roman
    - *Le Nœud de vipères* (1932), roman

François Mauriac est né à Bordeaux en 1885. Après des études de lettres, il publie rapidement ses premiers recueils de poèmes et romans. Il est essentiellement connu pour son œuvre romanesque qui dépeint, comme le formule l'auteur lui-même, « le monde étroit et janséniste de [s]on enfance pieuse, angoissée et repliée, et la province où elle baignait ». *Génitrix* et *Thérèse Desqueyroux* sont, avec *Le Nœud de vipères*, ses romans les plus connus : tous interrogent les liens familiaux et la violence des sentiments qui peuvent naitre entre les êtres dans la bourgeoisie dont l'auteur est lui-même issu.

Également essayiste et critique, François Mauriac intègre l'Académie française en 1933 et reçoit le prix Nobel de littérature en 1952. Il meurt à Paris en 1970.

THÉRÈSE DESQUEYROUX

CONFESSION D'UNE ÉPOUSE CRIMINELLE

- **Genre :** roman
- **Édition de référence :** *Thérèse Desqueyroux*, Paris, Le Livre de Poche, 1927, 192 p.
- **1re édition :** 1926
- **Thématiques :** mariage, bourgeoisie, poison, ennui, solitude, amour, scandale

Thérèse Desqueyroux est le chef-d'œuvre de Mauriac. Le roman obtient un succès immense à sa publication en 1926 dans la *Revue de Paris* et l'année suivante chez Grasset.

L'histoire, tirée d'un fait divers, est celle de Thérèse, accusée d'avoir tenté d'empoisonner son mari. Le roman s'ouvre sur le non-lieu prononcé par la justice en faveur de Thérèse. Sur la route du retour, elle prépare sa confession. À travers ce roman, Mauriac fustige la bourgeoisie catholique et conservatrice dont il est issu et analyse les passions humaines.

RÉSUMÉ

LES NOCES DE THÉRÈSE

Thérèse Larroque, considérée comme la femme la plus riche et la plus intelligente de la lande, se voit mariée à Bernard Desqueyroux, un riche bourgeois, en vertu d'un arrangement entre familles voisines. Lors du jour « étouffant » de ses noces, elle pressent déjà que tout est perdu.

Depuis son enfance, Thérèse, dont le sérieux était souligné par ses maitresses, fréquente Anne de La Trave, la demi-sœur de Bernard, avec laquelle elle a noué une solide amitié. Peu après le mariage de Thérèse, Anne entretient une liaison avec Jean Azévédo, dont elle est follement amoureuse, ce dont témoignent les lettres qu'elle adresse à Thérèse. Pourtant, cette relation n'est pas destinée à se concrétiser. Issu d'une famille de soi-disant dégénérés (sa famille est juive) et prétendument tuberculeux, le jeune homme ne convient pas aux Desqueyroux-de La Trave, qui ont déjà choisi pour Anne un autre destin : celui d'épouser le jeune Deguilhem.

ANNE ET JEAN

Les Desqueyroux se chargent dès lors d'empêcher Anne de voir Jean, ce dont la jeune femme souffre énormément. Jalouse de la relation passionnelle qu'Anne connait et à laquelle elle-même n'a pas droit auprès de Bernard, Thérèse accepte d'aider le reste de la famille à détruire cette relation.

Bernard ayant insisté auprès d'elle pour qu'elle s'entretienne avec Jean, Thérèse consent à aller voir ce dernier. Très vite, il apparait que Jean n'a jamais eu l'intention d'épouser Anne. Il veut lui faire connaitre la passion, le rêve, pour qu'elle puisse, le restant de ses jours, supporter la monotonie de la vie qui lui est réservée. Thérèse et Jean discutent de ce dont il n'est jamais question chez les Desqueyroux : il lui livre ses sentiments et son opposition à la discrétion toute superficielle de la province, pour souligner le fait que seule la vie de l'esprit compte.

À son retour, Bernard annonce à Thérèse qu'il est anémique et qu'il doit suivre un traitement. Quelque temps plus tard, la jeune femme revoit Jean, qui lui annonce qu'il quitte Argelouse et retourne à Paris. Quant à Anne, que l'on détient de force à Biarritz, elle en veut énormément à sa famille.

TRAHISONS

Anne fuit pour retrouver son amant, mais, lorsqu'elle arrive, il a déjà quitté les lieux. La jeune femme se retourne alors contre Thérèse, qu'elle accuse de l'avoir trahie, et est à nouveau enfermée à la maison.

Peu à peu, le malaise de Thérèse se fait pesant. Il est accru par l'impression qu'elle a de n'être rien de plus que la porteuse de l'enfant Desqueyroux, centre de l'attention de tous : en effet, durant ces évènements, Thérèse a découvert qu'elle était enceinte, une maternité qu'elle refuse.

Un jour, Bernard, distrait, prend trop de gouttes de son traitement contre l'anémie. Thérèse s'en rend compte, mais elle ne le retient pas. Très vite, Bernard se trouve mal et l'on fait venir le médecin. Comprenant que l'issue pourrait être fatale pour son époux, Thérèse commence dès lors à augmenter la dose de ses médicaments, jusqu'à ce que le médecin et le pharmacien, découvrant les ordonnances falsifiées, comprennent qu'il s'agit d'un empoisonnement et portent plainte.

LA CONFESSION

Rapidement, maitre Duros, l'avocat des Desqueyroux, M. Larroque, le père de Thérèse, et Bernard mettent au point une version avouable du drame, préférant sauver l'honneur de la famille. Ils conviennent d'un plan : Thérèse devra rentrer à Argelouse, où ils ne changeront rien à leurs habitudes. Le mal causé à la famille étant déjà assez important, il s'agira pour tout le monde de rester discret.

Au palais de justice, le juge prononce un non-lieu pour le crime dont la jeune femme est accusée. Durant le voyage de nuit qui la ramène dans la lande, Thérèse repense à ses mésaventures passées. Très vite, ses pensées s'assombrissent et elle sent une chape de plomb, faite de solitude et de monotonie, s'abattre sur ses épaules. Pour obtenir le pardon, mais aussi pour tenter de comprendre elle-même ce qui est arrivé, elle imagine la confession qu'elle fera à ce mari dont elle a voulu se débarrasser.

Bernard l'attend à leur domicile : alors qu'elle se trouve face à lui, Thérèse prend conscience qu'elle ne peut lui avouer tout ce à quoi elle a pensé sur la route. Il lui annonce alors froidement le plan qu'il a élaboré : elle vivra désormais recluse sur leur domaine avec sa tante Clara. Le couple continuera à aller à la messe dominicale et à se rendre le jeudi chez son père, comme à leur habitude. L'intention de Bernard est de faire cesser toute rumeur qui pourrait souiller son nom : tout ce qui compte à ses yeux est que la famille paraisse unie. Une fois que l'affaire sera tassée, Anne pourra se marier avec Deguilhem. Quant à leur fille, Marie, elle ira vivre dans le sud avec la mère de Bernard.

LA CHUTE

Petit à petit, Thérèse s'enfonce dans la solitude. Elle réalise que sa confession est indicible et qu'elle s'anéantit à petit feu. Elle pense alors au suicide. Elle récupère les poisons qu'elle gardait cachés et dit au revoir à sa fille mais, alors qu'elle rentre dans sa chambre pour les ingérer, on lui annonce la mort de sa tante Clara.

Dans le bourg, on la pense innocente : l'idée court que c'est le moral qui est atteint. Voyant que la rumeur s'estompe, Bernard la dispense d'aller à la messe. Mais la nouvelle est un choc : tante Clara était pour elle une source de réconfort dans sa vie misérable. À la même époque, Anne, Marie et Bernard quittent la maison. Thérèse se laisse alors aller : dans sa chambre, elle fume, boit et se plonge dans la rêverie, dépérissant petit à petit, physiquement et moralement.

Un jour, elle reçoit une lettre de Bernard dans laquelle celui-ci lui annonce qu'il va rentrer et qu'il sera accompagné de ses parents, d'Anne, ainsi que de son futur mari, Deguilhem. Pour cela, il faut qu'elle soit présentable mais, malgré ses efforts pour se reprendre en main et retrouver sa lucidité, le résultat est médiocre. Quand la famille arrive, ils sont surpris par ce spectacle auquel ils ne s'attendaient pas.

LE DÉPART POUR PARIS

Le régime de claustration s'adoucit finalement, afin de remettre Thérèse en état et de la libérer ensuite ou, plutôt, de la faire disparaitre. En effet, après le mariage d'Anne, elle ira à Paris. Bernard l'y amène et, piqué de curiosité, lui demande pourquoi elle a tenté de le tuer. Elle essaie de lui expliquer son geste, sans succès : elle n'arrive pas à formuler sa confession. Elle tente de s'excuser auprès de Bernard, mais celui-ci coupe finalement court à la discussion. Thérèse reste donc là, heureuse et apaisée, assise seule à la terrasse d'un café parisien et perdue dans la foule.

ÉTUDE DES PERSONNAGES

THÉRÈSE LARROQUE

Thérèse Larroque est née à Argelouse, dans un domaine peuplé de pins. Son père est maire et se présente aux élections sénatoriales à B. Sa mère étant morte en couches, Thérèse a été élevée par la vieille tante Clara dans la maison familiale. Son père est resté absent jusqu'au jour où il l'a mariée à un jeune héritier, Bernard Desqueyroux.

Thérèse semble en décalage avec le milieu dans lequel elle évolue. Elle est fascinante et charmante. Fragile, vive et intelligente, la vie de famille la rend solitaire, sensible et renfermée. Assoiffée de pureté et d'amour, ses aspirations ne correspondent pas à ce que le petit monde étroit d'esprit dans lequel elle vit conçoit comme acceptable. Elle développe ainsi une indifférence accrue envers Bernard et le reste de la famille, excepté, au début, envers son amie Anne et sa tante Clara.

Elle nourrit un sentiment d'insuffisance et d'inutilité dans cette famille dans laquelle elle semble être considérée comme un monstre. Cette idée est renforcée par la naissance de sa fille, qu'elle rejette, car il s'avère que toute la famille ne voit plus en elle que la porteuse de cet enfant ; sa propre individualité est ainsi niée. Marie née, Thérèse ne développe aucun sentiment maternel ; c'est Anne qui s'occupe de la petite.

Thérèse est un personnage monstrueux auquel le lecteur

s'identifie pourtant. Cette projection est permise par le retour que fait Thérèse sur son passé et l'exploration intérieure de ses actes. Sa confession justifie le crime par la souffrance que connait la protagoniste. C'est le crime d'une jeune femme étouffée par son entourage, d'un être épris d'authenticité qui n'est pas dans la mouvance des conventions bourgeoises. Elle est la victime du milieu qui l'entoure, raison pour laquelle le lecteur éprouve de la pitié et de la compassion à son égard, malgré les faits qui lui sont reprochés.

BERNARD DESQUEYROUX

Bernard Desqueyroux connait Thérèse Larroque depuis l'enfance ; il est le demi-frère de son amie Anne. Son physique (costaud mais un peu lourd), son caractère (rustre, pragmatique, « à compartiments », comme le dit Thérèse), ses habitudes (la chasse, la bonne chère, l'usage du patois), tout en lui incarne le bon bourgeois bien établi.

Il conçoit son mariage avec Thérèse comme un devoir, qu'il est heureux d'accomplir pour l'honneur de sa famille : « Songeait-il beaucoup à Thérèse ? Tout le pays les mariait parce que leurs propriétés semblaient faites pour se confondre et le sage garçon était, sur ce point, d'accord avec tout le pays. » (chapitre II)

En effet, le respect des convenances et de la tradition prend une part importante dans la vie de Bernard. Celui-ci ira jusqu'à fournir un faux témoignage en faveur de Thérèse, afin d'éviter un scandale et sauvegarder le nom de Desqueyroux.

La critique de ce personnage et de sa famille correspond à une critique plus globale d'une classe sociale, celle de la grande bourgeoisie provinciale, dont Mauriac est issue. Notons que celle-ci s'étend également au personnage du père de Thérèse, M. Larroque, dont le carriérisme politique, flagrant, semble ridicule et déplacé.

ANNE DE LA TRAVE ET JEAN AZÉVÉDO

Anne de La Trave est la demi-sœur de Bernard et la grande amie de Thérèse depuis l'adolescence. Pour Thérèse, Anne incarne la pureté. Élevée au couvent, c'est elle qui fait naitre chez son amie l'idée de confession et de pardon. Jean Azévédo est, quant à lui, un jeune homme de la lande, dont on dit que la famille est celle de dégénérés parce qu'ils sont juifs et qu'ils sont atteints d'une soi-disant tuberculose héréditaire.

Ces deux personnages sont importants en raison des sentiments qu'ils font naitre chez Thérèse. Anne de La Trave, jeune fille fougueuse, entretient une relation passionnelle avec Jean, dont elle est amoureuse. Tout ce qu'elle ressent rend Thérèse fortement jalouse. Leur liaison attise chez cette dernière l'envie de ce qu'elle n'a pas. Jean Azévédo est un esprit libre, ce dont se rend compte Thérèse quand elle discute avec lui de littérature et qu'ils refont le monde. Elle mesure alors pleinement qu'il lui manque non seulement une relation passionnelle, mais également un entourage composé de gens qui lui ressemblent, qui vivent pleinement. En somme, cette relation accroit la souffrance et l'immobilisme de Thérèse.

CLÉS DE LECTURE

GENÈSE DE L'ŒUVRE

Les sources d'inspiration de Mauriac pour ce roman sont diverses ; l'auteur ne reconnaitra toutefois ses influences qu'à postériori. La plus flagrante – et assez évidente – est l'affaire Canaby qui a éclaté à Bordeaux, en mai 1905. Henriette Blanche Canaby, désirant poursuivre sa vie avec son amant, tente d'empoisonner son mari. L'affaire est découverte et traduite en justice. Grâce au faux témoignage de son mari, Henriette est acquittée.

Mauriac est encore jeune (vingt ans) à l'époque des faits, mais il est choqué par l'affaire et en fait mention dans son journal intime. Vingt-et-un ans plus tard, l'auteur reprend les circonstances matérielles de l'affaire Canaby (Bordeaux, empoisonnement, fausses ordonnances, procès douteux) pour en faire un roman et crée le personnage complexe et inadapté de Thérèse. Celui-ci est également inspiré par deux de ses connaissances, l'une connue à l'adolescence et l'autre à l'âge adulte, toutes deux en marge de la vie.

LA STRUCTURE DU RÉCIT

Le récit est scindé en treize chapitres numérotés et non titrés, précédés d'une adresse à Thérèse. Dans celles-ci, Mauriac apostrophe directement son personnage, ce qui a pour effet de montrer que l'histoire de la jeune héroïne n'est pas uniquement fictionnelle. L'auteur élabore une critique fustigeant la bourgeoisie provinciale et conservatrice de l'époque.

Quant au récit, il peut être divisé en trois parties :

- **chapitre I – Sortie du palais de justice et non-lieu prononcé en faveur de Thérèse**
  Le lecteur est directement plongé dans l'action. Il s'agit donc d'un incipit *in medias res*. En effet, les premières lignes amènent le lecteur à la sortie du palais de justice. Le non-lieu d'une affaire dont on ne sait encore rien est prononcé. Dans ce chapitre, nous apprenons que Thérèse est la coupable, mais l'histoire révèlera qu'il faudrait également la considérer comme une victime.
- **chapitres II-VIII – Thérèse passe en revue son passé et élabore sa confession**
  Ces chapitres prennent la forme d'une analepse (retour en arrière ou flashback) : ils constituent un retour sur un évènement appartenant au passé. C'est un long monologue intérieur par lequel le lecteur pénètre dans la pensée de Thérèse. L'exploration intérieure de la jeune femme s'arrête brusquement à l'arrivée à Argelouse, l'« extrémité de la terre », là où la douleur s'est nouée et où le crime a eu lieu.
  À côté de cela, on retrouve également une projection dans l'avenir. En effet, Thérèse prépare la confession qu'elle exposera à son mari à son arrivée.
- **chapitres IX-XIII – Retour de Thérèse à Argelouse, réclusion et départ pour Paris**
  On assiste ensuite au retour brutal au présent de l'histoire. Après le monologue, on revient au récit factuel et à la considérable désillusion que connait Thérèse :

face à son mari, elle sent qu'elle ne pourra exposer ses explications, il ne la comprendrait pas. Elle vit ensuite la séquestration à Argelouse. Choqué et inquiété par son état, Bernard s'occupe de Thérèse et la laisse partir à Paris.

Cette fin ouverte permet à l'écrivain de poursuivre l'histoire de Thérèse dans un cycle de romans et de nouvelles composé de *Ce qui était perdu* (1930), *Thérèse chez le docteur* (1932), *Thérèse à l'hôtel* (1933) et *La Fin de la nuit* (1935).

UN ROMAN PSYCHOLOGIQUE

Le roman annonce d'emblée qu'il se penche sur le personnage éponyme. La situation et l'intrigue ne sont perçues qu'à travers le prisme de Thérèse ; leur perception par le lecteur va au-delà des apparences et du simple constat. Ce point de vue particulier permet de personnaliser, d'intérioriser et de problématiser le sujet du roman (la critique de la grande bourgeoisie provinciale). Il s'agit de décrire cette dernière par l'analyse d'un conflit intérieur qui ravage un personnage.

Plusieurs procédés sont utilisés pour laisser paraitre l'analyse psychologique du personnage :

- les nombreux monologues de Thérèse constituent une porte ouverte sur son esprit ;
- le comportement même de Thérèse (passivité, dépit, renoncement) favorisent ce travail d'introspection :

> « L'étrange est que Thérèse ne se souvient des jours qui

> suivirent le départ d'Anne et Des La Trave que comme d'une époque de torpeur. [...] elle ne songeait qu'au repos, au sommeil [...] Rien ne lui plaisait que cette hébétude. » (chapitre VI

- la lenteur du récit (le trajet de Bordeaux à Argelouse) et la presque absence de dialogues concentrent l'attention du lecteur sur le personnage de Thérèse et sur les récits de pensée ;
- la présence d'un narrateur externe omniscient, qui pénètre dans l'esprit de Thérèse et rend compte de ses troubles : « Elle se penche sur sa propre énigme, interroge la jeune bourgeoise mariée dont chacun louait la sagesse. » (chapitre V

UNE CRITIQUE DE LA BOURGEOISIE ET UNE MISE EN RELIEF DE LA DOULEUR HUMAINE

La liberté réduite à néant

L'image représentative de la séquestration de Thérèse est la chasse aux palombes. Comme l'oiseau, Thérèse est la proie de sa famille, enfermée dans cette lande, où les forêts de pins évoquent des barreaux. La condition humaine est ici interrogée à travers la solitude et l'enfermement qu'elle a ressentis dès son mariage : le jour des noces fut « étouffant ». Mauriac introduit subtilement le renfermement de Thérèse sur elle-même et la douleur de sa captivité.

À travers cette histoire, l'auteur met en relief la question de la déshumanisation, thème que l'on retrouve dans le roman psychologique moderne et qui aboutira, dans le Nouveau Roman, à la suppression dans l'histoire de la notion de personnage romanesque.

Si l'on s'interroge sur le parcours de Thérèse, il est résumé en ces lignes : « Matinées trop bleues : mauvais signe pour le temps de l'après-midi et du soir. Elles annoncent les parterres saccagés, les branches rompues et toute cette boue. » (p. 27) On mesure la chute de sa condition de femme alors que son enfance était heureuse et ne laissait pas entrevoir un avenir si cruel.

Notons le rapprochement que l'on peut faire avec *L'Étranger* de Camus (écrivain français, 1913-1960). Mauriac esquisse le personnage monstrueux par sa froideur et son indifférence vis-à-vis de sa propre vie et de ce qui l'entoure. Thérèse ne s'est pas rendue maitre de son destin, elle s'est mariée par convention. Sa vie est contrôlée par d'autres. Elle fait montre d'immobilisme : son existence est insoutenable et elle est accablée d'évènements qu'elle subit sans révolte. C'est presque par hasard qu'elle pense au poison.

Le respect des conventions

La négation de l'individu est justifiée par la nécessité de respecter les convenances. En effet, l'honneur de la famille et du nom est la valeur suprême à défendre, au même titre que la propriété et la richesse. Ainsi l'ensemble des comportements des personnages qui entourent la protagoniste dépend de cette dynamique : l'éviction de Jean Azévédo ; le faux témoignage ; la séquestration de Thérèse masquée par son habitude maintenue d'aller à la messe et au rendez-vous du jeudi chez son père ; les raisons de son état et le masquage de sa disparition.

Ce respect des conventions est frappant lorsque l'on s'interroge sur les raisons qui ont amené Thérèse à accepter la main de Bernard. Elle ne refuse pas le mari qui lui est destiné, elle se conforme aux attentes de son entourage, en raison, sans doute, de l'amitié d'Anne, du bon parti que représente Bernard, de la pression du milieu familial et social ou encore de son sens de la propriété. Mais il y a autre chose : Thérèse, qu'elle le veuille ou non, fait partie de ce milieu. Dès le début du roman, elle pressent toutefois qu'elle est différente. Elle souhaite malgré tout ce mariage et faire ce qu'on attend d'elle, espérant y trouver la paix et un remède à son désordre intérieur :

La confrontation de deux mondes est un autre aspect intéressant du roman. Il y a une opposition entre la bourgeoisie provinciale (la majorité des personnages) et la bohème parisienne qu'Azévédo et Thérèse nous font entrevoir à travers leurs conversations, leurs aspirations, et que l'on note dans la fin heureuse, mais trouble, du récit.

En fin de compte, la criminelle ne semble pas être celle que l'on pense. Si l'on pose la question de la responsabilité et de la culpabilité de la protagoniste, on pose nécessairement celle de l'implication de la famille. Malgré son geste, Thérèse se présente comme une victime alors que tous les autres protagonistes paraissent inhumains.

Libre malgré tout ?

Bien que ce roman soit celui de la souffrance et de la séquestration mentale et physique, la fin de l'œuvre semble tout de même positive. Thérèse a vaincu son enfermement et se retrouve dans l'immensité d'une ville sans frontières, loin du monde d'où elle provient, qui ne remettait pas en question l'ordre établi, un monde conformiste qui ne pouvait concevoir la digression. Ainsi, c'est abandonnée par sa famille qu'elle découvre enfin la liberté.

THÉRÈSE DESQUEYROUX ET *MADAME BOVARY*

Thérèse Desqueyroux et *Madame Bovary* – de par leur titre – semblent propices à une comparaison. Écrits à plus de 60 ans d'intervalle, les deux romans présentent le parcours d'un personnage féminin éponyme. Notons toutefois que Mauriac n'a jamais évoqué s'être inspiré du roman réaliste de Flaubert (écrivain français, 1821-1880). Il existe cependant des similitudes non négligeables entre les deux intrigues :

- les deux jeunes femmes sont nées en province et ont reçu une bonne éducation (au lycée pour Thérèse, au couvent pour Emma) ;
- toutes deux connaissent la monotonie que constitue le fait d'être marié à un homme qui se révèle vide et ennuyeux ;
- les deux femmes se révèlent rapidement inadaptées au cadre de vie dans lequel ce mariage les enferme (notamment la maternité) ;
- pour s'évader de leur marasme et de leur détresse, Thérèse et Emma ont recours à l'imaginaire et à la pensée ;

- toutes deux utiliseront, à des fins différentes, du poison.

Mais les deux romans comportent également des différences fondamentales :

- **le chemin qui mène au crime**. Emma Bovary est poussée au suicide pour avoir assouvi ses désirs et ses envies (adultère, dettes). Elle est active, contrairement à Thérèse qui est davantage spectatrice de sa vie et dont l'intériorisation et l'inactivité renforcent le mal qui la ronge, ce qui la poussera à empoisonner son mari afin d'échapper à la vie monotone qui s'annonce ;
- **la focalisation**. *Madame Bovary* est dans le constat et l'exposition de faits. *Thérèse Desqueyroux* quant à lui, est un roman beaucoup plus psychologique, se concentrant davantage sur les pensées de Thérèse que sur ses actions ;
- **les idéaux des personnages principaux**. Emma crée ses chimères par la lecture de romans sentimentaux. Elle aspire à des passions violentes, à des déchirements, à un amour – et donc une certaine soumission – plus forts que tout. Les aspirations de Thérèse sont plus globales : elle veut une liberté totale, de corps et d'esprit (libre de ne pas porter un enfant, de partir à Paris seule, de travailler, etc.) ;
- **la fin du roman**. La seule issue pour Emma, endettée, humiliée et souillée, est le suicide, et donc l'échec. Thérèse, quant à elle, aidée par Bernard, finira par avoir la possibilité de réaliser ses vœux : échapper à sa prison familiale et partir vivre seule et libre à la capitale.

UN ROMAN FÉMINISTE ?

Peut-on qualifier de « féministe » le roman de Mauriac ? Si l'on ne peut pas dire qu'une réflexion féministe fasse partie de l'ordre de pensée établi au début du XXe siècle en province – zone retirée et largement conservatrice –, on peut toutefois constater que Mauriac, sans se préoccuper d'être féministe ou pas, s'est penché sur la question de la femme dans un texte datant de 1933 et intitulé *L'Éducation des filles*.

Dans cet essai, Mauriac plonge dans ses souvenirs pour évoquer les conditions de vie des femmes qu'il a rencontrées durant son enfance à Bordeaux. Il expose le destin tant des paysannes que des bourgeoises, les premières croulant sous leurs tâches éreintantes dont seule la mort les délivre, les secondes confinées à l'intérieur du foyer, réduites aux préoccupations domestiques. On notera que si l'auteur déplore cette situation, il ne s'insurge pas. En effet, Mauriac définit le rôle de la femme comme celui, suprême et presque sacré, de mère : « Il y a quelque chose d'infiniment plus beau que de dépasser les hommes dans tous les domaines : c'est de créer des hommes. » (MAURIAC F., *L'Éducation des femmes*, Paris, Bouchet-Chastel, 1933, p. 194)

Sans parler de féminisme, nous pouvons distinguer dans *Thérèse Desqueyroux* certains éléments qui interrogent la condition de la femme dans la haute bourgeoisie provinciale :

- l'éducation de Thérèse au lycée est opposée à celle qu'a reçue Anne au couvent.

> « Encore la pureté d'Anne de la Trave était-elle faite surtout d'ignorance. Les dames du Sacré-Cœur interposaient mille voiles entre le réel et leurs petites filles. Thérèse les méprisait de confondre vertu et ignorance. » (chapitre II)

- tous les personnages féminins passent d'une tutelle masculine à une autre (père, mari, demi-frère, avocat) ;
- le mariage est la seule voie possible et respectable pour une femme, en dehors du couvent Thérèse espère s'y sauver ; Anne, après sa brève passion, s'y rangera sans trop de vague ;
- la maternité est vue comme une composante fondamentale du rôle d'épouse au sein du couple, et plus largement au sein de la famille. Toutefois, elle demeure pour Thérèse, qui n'a pas connu sa mère, un sentiment inconnu, contrairement à Anne, qui se plait directement dans ce rôle à l'arrivée de l'enfant Desqueyroux ;
- l'inadaptation de Thérèse. Elle se sait inadaptée à la vie rangée que sa famille et les conventions sociales lui imposent et est jugée pour cela par son entourage qui perçoit en elle ses dysfonctionnements.

Ainsi, *Thérèse Desqueyroux* présente un personnage homonyme fascinant et une intrigue prenante. Mais l'on constate également, au fil du roman, une critique ancrée dans le réel de l'auteur : celle de la condition féminine au sein de la bourgeoisie provinciale au XXe siècle. En effet, dans ce roman à la fois réaliste, psychologique et presque féministe, Mauriac fait directement référence à ses origines bordelaises et pose de nouvelles questions sur le rôle et la place de la femme dans la société.

PISTES DE RÉFLEXION

QUELQUES QUESTIONS POUR APPROFONDIR SA RÉFLEXION...

- Thérèse est un personnage que l'on pourrait considérer comme « monstrueux » (elle a tenté d'empoisonner son mari, elle n'aime pas son enfant, etc.) Pourtant, elle suscite la sympathie et la compassion du lecteur, et celui-ci s'identifie à elle plus qu'aux autres personnages. Comment expliquez-vous cela ?
- Contre quoi Mauriac tourne-t-il sa critique à travers le personnage de Bernard Desqueyroux ?
- Quels rôles jouent Anne de La Trave et Jean Azévédo dans la vie de Thérèse ? Sont-ils nécessaires à l'histoire ?
- Selon vous, quel est le but de l'adresse à Thérèse au début du roman ?
- Ce roman donne un aperçu de la condition de la femme au début du XIXe siècle. Quelle est cette condition ?
- Comparez le personnage de Thérèse avec Meursault, le protagoniste principal de *L'Étranger* de Camus (écrivain français, 1913-1960).
- Faites de même avec le personnage d'Emma Bovary issu du roman de Flaubert, *Madame Bovary*.
- La fin du roman vous semble-t-elle optimiste ou, au contraire, pessimiste ? Justifiez votre réponse.
- Ce roman est le premier d'un cycle consacré au personnage de Thérèse Desqueyroux. Celle-ci évolue-t-elle dans les autres romans et nouvelles du cycle ? Expliquez.
- *Thérèse Desqueyroux* est inspiré d'un fait divers qui a réellement eu lieu. Citez d'autres auteurs célèbres qui

ont eux aussi fondé leurs romans ou leurs nouvelles sur des faits divers.

Votre avis nous intéresse !
Laissez un commentaire sur le site de votre librairie en ligne et partagez vos coups de cœur sur les réseaux sociaux !

POUR ALLER PLUS LOIN

ÉDITION DE RÉFÉRENCE

- Mauriac F., *Thérèse Desqueyroux*, Paris, Le Livre de poche, 1927.

ÉTUDES DE RÉFÉRENCE

- Bartoli-Anglard V., *François Mauriac. Thérèse Desqueyroux*, Paris, PUF, coll. « Études littéraires », 1992.
- Bertrand C., « L'affaire des Chartrons : une semi-empoisonneuse bordelaise à la Belle Époque », in *Annales de Bretagne et des Pays de l'Ouest*, 2011, consulté le 19 septembre 2016, https://abpo.revues.org/157
- Mauriac F., *L'Éducation des femmes*, Paris, Bouchet-Chastel, 1933.
- Sténélius L., « Emma Bovary et Thérèse Desqueyroux : deux caractères et deux destins », in *Les Amis de Flaubert*, 1986, n° 68, consulté le 19 septembre 2016, http://www.amis-flaubert-maupassant.fr/article-bulletins/068_005/
- Stoll F., « François Mauriac et Thérèse Desqueyroux ou histoire d'un romancier hanté par un de ses personnages », 2009.

ADAPTATION

- *Thérèse Desqueyroux*, film de Georges Franju, avec Emmanuelle Rivat et Philippe Noiret, France, 1962.
- *Thérèse Desqueyroux*, film de Claude Miller, avec Audrey Tautou et Gilles Lellouche, France, 2012.

SUR LEPETITLITTÉRAIRE.FR

- Fiche de lecture sur *Le Mystère Frontenac* de François Mauriac.
- Fiche de lecture sur *Le Nœud de vipères* de François Mauriac.
- Fiche de lecture sur *Le Sagouin* de François Mauriac.
- Questionnaire de lecture sur *Thérèse Desqueyroux* de François Mauriac.

L'éditeur veille à la fiabilité des informations publiées, lesquelles ne pourraient toutefois engager sa responsabilité.

© LePetitLittéraire.fr, 2016. Tous droits réservés.

www.lepetitlitteraire.fr

ISBN version numérique : 978-2-8062-9051-9
ISBN version papier : 978-2-8062-9052-6
Dépôt légal : D/2016/12603/818

Avec la collaboration de Margot Sonneville pour l'analyse de Bernard Desqueyroux, ainsi que pour les chapitres « Genèse de l'œuvre », « Un roman psychologique », « Thérèse Desqueyroux et Madame Bovary » et « Un roman féministe ? ».

Conception numérique : Primento,
le partenaire numérique des éditeurs.

Ce titre a été réalisé avec le soutien de la Fédération Wallonie-Bruxelles, Service général des Lettres et du Livre.

Retrouvez notre offre complète sur lePetitLittéraire.fr

- des fiches de lectures
- des commentaires littéraires
- des questionnaires de lecture
- des résumés

ANOUILH
- Antigone

AUSTEN
- Orgueil et Préjugés

BALZAC
- Eugénie Grandet
- Le Père Goriot
- Illusions perdues

BARJAVEL
- La Nuit des temps

BEAUMARCHAIS
- Le Mariage de Figaro

BECKETT
- En attendant Godot

BRETON
- Nadja

CAMUS
- La Peste
- Les Justes
- L'Étranger

CARRÈRE
- Limonov

CÉLINE
- Voyage au bout de la nuit

CERVANTÈS
- Don Quichotte de la Manche

CHATEAUBRIAND
- Mémoires d'outre-tombe

CHODERLOS DE LACLOS
- Les Liaisons dangereuses

CHRÉTIEN DE TROYES
- Yvain ou le Chevalier au lion

CHRISTIE
- Dix Petits Nègres

CLAUDEL
- La Petite Fille de Monsieur Linh
- Le Rapport de Brodeck

COELHO
- L'Alchimiste

CONAN DOYLE
- Le Chien des Baskerville

DAI SIJIE
- Balzac et la Petite Tailleuse chinoise

DE GAULLE
- Mémoires de guerre III. Le Salut. 1944-1946

DE VIGAN
- No et moi

DICKER
- La Vérité sur l'affaire Harry Quebert

DIDEROT
- Supplément au Voyage de Bougainville

Dumas
- Les Trois Mousquetaires

Énard
- Parlez-leur de batailles, de rois et d'éléphants

Ferrari
- Le Sermon sur la chute de Rome

Flaubert
- Madame Bovary

Frank
- Journal d'Anne Frank

Fred Vargas
- Pars vite et reviens tard

Gary
- La Vie devant soi

Gaudé
- La Mort du roi Tsongor
- Le Soleil des Scorta

Gautier
- La Morte amoureuse
- Le Capitaine Fracasse

Gavalda
- 35 kilos d'espoir

Gide
- Les Faux-Monnayeurs

Giono
- Le Grand Troupeau
- Le Hussard sur le toit

Giraudoux
- La guerre de Troie n'aura pas lieu

Golding
- Sa Majesté des Mouches

Grimbert
- Un secret

Hemingway
- Le Vieil Homme et la Mer

Hessel
- Indignez-vous !

Homère
- L'Odyssée

Hugo
- Le Dernier Jour d'un condamné
- Les Misérables
- Notre-Dame de Paris

Huxley
- Le Meilleur des mondes

Ionesco
- Rhinocéros
- La Cantatrice chauve

Jary
- Ubu roi

Jenni
- L'Art français de la guerre

Joffo
- Un sac de billes

Kafka
- La Métamorphose

Kerouac
- Sur la route

Kessel
- Le Lion

Larsson
- Millenium I. Les hommes qui n'aimaient pas les femmes

Le Clézio
- Mondo

Levi
- Si c'est un homme

Levy
- Et si c'était vrai...

Maalouf
- Léon l'Africain

MALRAUX
- La Condition humaine

MARIVAUX
- La Double Inconstance
- Le Jeu de l'amour et du hasard

MARTINEZ
- Du domaine des murmures

MAUPASSANT
- Boule de suif
- Le Horla
- Une vie

MAURIAC
- Le Nœud de vipères

MAURIAC
- Le Sagouin

MÉRIMÉE
- Tamango
- Colomba

MERLE
- La mort est mon métier

MOLIÈRE
- Le Misanthrope
- L'Avare
- Le Bourgeois gentilhomme

MONTAIGNE
- Essais

MORPURGO
- Le Roi Arthur

MUSSET
- Lorenzaccio

MUSSO
- Que serais-je sans toi ?

NOTHOMB
- Stupeur et Tremblements

ORWELL
- La Ferme des animaux
- 1984

PAGNOL
- La Gloire de mon père

PANCOL
- Les Yeux jaunes des crocodiles

PASCAL
- Pensées

PENNAC
- Au bonheur des ogres

POE
- La Chute de la maison Usher

PROUST
- Du côté de chez Swann

QUENEAU
- Zazie dans le métro

QUIGNARD
- Tous les matins du monde

RABELAIS
- Gargantua

RACINE
- Andromaque
- Britannicus
- Phèdre

ROUSSEAU
- Confessions

ROSTAND
- Cyrano de Bergerac

ROWLING
- Harry Potter à l'école des sorciers

SAINT-EXUPÉRY
- Le Petit Prince
- Vol de nuit

SARTRE
- Huis clos
- La Nausée
- Les Mouches

SCHLINK
- Le Liseur

SCHMITT
- La Part de l'autre
- Oscar et la Dame rose

SEPULVEDA
- Le Vieux qui lisait des romans d'amour

SHAKESPEARE
- Roméo et Juliette

SIMENON
- Le Chien jaune

STEEMAN
- L'Assassin habite au 21

STEINBECK
- Des souris et des hommes

STENDHAL
- Le Rouge et le Noir

STEVENSON
- L'Île au trésor

SÜSKIND
- Le Parfum

TOLSTOÏ
- Anna Karénine

TOURNIER
- Vendredi ou la Vie sauvage

TOUSSAINT
- Fuir

UHLMAN
- L'Ami retrouvé

VERNE
- Le Tour du monde en 80 jours
- Vingt mille lieues sous les mers
- Voyage au centre de la terre

VIAN
- L'Écume des jours

VOLTAIRE
- Candide

WELLS
- La Guerre des mondes

YOURCENAR
- Mémoires d'Hadrien

ZOLA
- Au bonheur des dames
- L'Assommoir
- Germinal

ZWEIG
- Le Joueur d'échecs

Printed in Great Britain
by Amazon